FATAL N° 13

PAR

GRIFFE DE LA CHATTE

NICE

IMPRIMERIE V.-EUGÈNE GAUTHIER ET COMPAGNIE
Descente de la Caserne, 2

—

1870

FATAL Nº 13

L'énorme Tartufienne, dont le nez aux larges et gonflantes narines, remplaça si avantageusement le grand soufflet de la forge du Creusot pendant la grève, en quittant une amie, se dit dans son for intérieur :

— Elle m'ennuie, celle-là... Me forcer à recommander ce médecin !... Quelle cruche et quel nom ! Je vous le demande, si une femme qui se respecte peut se décider à prononcer un nom plein de toutes sortes de saletés et d'horreurs. Il y a des rats, des scies, même des os, je crois, et des ick ou cuik ; je ne sais au juste. Cependant, avisons un moyen : c'est la plus nouvelle mode de ne parler que par emblêmes. Donc, je vais faire empailler un rat, apporter une scie... (il ne manque pas de scies en ce monde)... Et tiens, c'est vrai!... Corsons l'emblême!... je ferai venir la lourde Cacoquine, si ennuyeuse, si bête et si méchante; une vraie scie, quoi!... et je la placerai à côté du rat; ce sera d'un effet saisissant; tout le monde comprendra. Mais... os !... des os ?... Comment me procurer des os?... Et cependant il m'en faut. A quoi me résoudre?... Je tuerai quelqu'un. C'est ça!.,. Mais qui?... Ah ! ça y est!... le moine Fichimus ! Il ne tient pas à la vie; car un jour, il voulut voler sur le champ de bataille et s'y faire tuer. Eh bien! je m'en vas lui éviter le voyage, les fatigues, la dépense, le risque de n'être que blessé. A sa première visite, je lui ordonnerai de s'étrangler pour me faire plaisir, ce qu'il ne me refusera pas. « Un homme bien élevé ne refuse jamais rien aux dames,» disait un jour M. Fadaise. Je le dépecerai, je mettrai ses *os* en tas, et quand mes connaissances viendront, les prenant par la main, je les conduirai devant ces trophées, en ajoutant : Je vous recommande un médecin bon à tout faire... Et voilà !... lisez son nom.

Pourtant tuer le moine Fichimus?... Oh ! j'aurai soin de lui demander d'avance son absolution et sa bénédiction, à l'efficacité desquelles lui-même ne croit pas ; mais ma conscience sera en règle.

Enfin, le docteur Singebotté (Boule - de - Graisse), comme on l'a surnommé, sera recommandé. Il est laid, mais dodu, jovial ; il rit au nez de ses malades, tandis que son propre nez, trop court, mais trop large, envahit sans gêne l'espace et permet aux indiscrets d'apercevoir le peu de cervelle qu'il possède, là-bas tout au fond. Il ne marche pas ; mais il roule sans bruit ; en un clin d'œil, il a inventorié votre mobilier et votre personne, supputé ce que vous lui rapporterez. Alors, il saisit amicalement par les épaules les dames et leur fait faire une ou deux pirouettes par la chambre. C'est sa manière de se rendre agréable et d'inspirer de la confiance... Délicieux abandon, quoi !

Un matin, le docteur Singebotté, dans son cabinet, questionne avec un léger accent étranger :

— Cette malade est-elle riche ?

— Non.

— Mariée ?

— Non.

— Jeune ?

— Non plus.

Allongeant le groin et à part lui : Toujours des vieilles filles !... et pauvres, encore. *(Haut).* On ira. *(A part).* J'y enverrai mon gendre ; c'est bien bon pour lui, les hommes et les vieilles. Bon père, je veille au bonheur de ma fille ; mon gendre est assez joli garçon, très-sot, double chance de plaire au beau sexe. Pour moi, je me réserve les jolies dames et les jeunes filles ; ma femme a tant vieilli !... tandis que moi, modestie à part, je suis resté irrésistible.

Teint fleuri, moelleux embonpoint; aussi ne puis-je compter le nombre incalculable de mes bonnes fortunes. Ah! qu'est-ce? un billet parfumé pour mon gendre?... Hein! qu'est-ce à dire, maître sournois?... Je n'ai jamais eu la chance de recevoir des billets parfumés comme ça. Tiens! c'est de la comtesse Gribiche. Elle n'est plus jeune; son front est sillonné comme s'il eut servi de chemin de traverse à tous les chariots de France et de Navarre. Mais je m'arrête; pas de plus amples détails; un médecin doit être la discrétion personnifiée. D'ailleurs, elle est bien posée cette dame; elle peut me recommander, et mon imbécile de gendre serait capable de lui délivrer le passe-port du congé illimité.

Son gendre, le docteur Enfandanlagorge entre :

— Bonjour, beau-père; n'a-t-on rien apporté pour moi ?...

— Non, mon cher.

— Cependant, j'apprends que la comtesse de Gribiche a dû me faire appeler.

— Ah! c'est vrai, je l'avais oublié; mais c'est loin; je crains de vous fatiguer; je soignerai cette dame; allez chez cette demoiselle.

Le docteur Enfandanlagorge à part :

— Si mon chien de beau-père m'envoie chez une demoiselle, ce doit être quelque antique sorcière échappée au déluge universel et sortie de l'arche de Noé tout exprès pour me faire rager.

Ces pensées, à ce qu'il paraît, se peignent sur le

visage du jeune médecin ; car, pour le consoler, Singebotté lui dit avec mystère :

— Je vous conseille de la calomnier ! ça fera plaisir à quelques personnages ; surtout n'oubliez pas de lui dire une bonne insolence ; ça la mettra en colère et nous dirons tous qu'elle est folle.

— Mais beau-père, je crains...

— Soyez sans inquiétude, pourvu que vous n'attaquiez pas des personnes influentes, vous pouvez calomnier et déshonorer, nul ne songera à vous en empêcher. Au contraire, on vous accueillera avec empressement, et si la victime osait être récalcitrante, on emploierait les moyens énergiques, dont nous autres médecins avons le secret et le privilége. Et qui, je vous le demande, s'inquiétera de ses larmes ?

Si le joli visage du docteur Enfandanlagorge respire la bêtise, sa personne est correcte de la botte aux cheveux, et c'est quelque chose. A cette époque de lumière et de progrès, l'extérieur tient lieu de vertus et d'esprit.

— Bonjour, mademoiselle. (*à part*). Tiens, ça passe encore ; elle est moins vieille que je ne l'aurais cru ; prenons l'air de lui porter de l'intérêt. (*Haut*) Vous êtes malade ?...

— Oui, monsieur, je suis fort enrhumée ; j'ai si mal à la gorge que j'ai cru étouffer et je crains une esquinancie.

— Avez-vous des enfants ?

— Non, monsieur.

Voilà donc enfin que, par hasard, ce grand mystère m'est révélé (*se dit à part cette vieille fille*) ; le docteur vient de m'apprendre que les enfants croissent dans la gorge et moi qui lui parlais d'esquinancie !... Que va-t-il penser de moi ?... Il paraît que le moment où l'enfant naît se nomme esquinancie, sans cela le docteur ne m'aurait point parlé d'enfant lorsque je me plains de la grippe. C'est bien sûr lorsqu'ils sont près de ce moment que les messieurs toussent si fort la promenade.

Nous retrouvons le docteur Singebotté chez la comtesse de Gribiche, en train de faire le galantin.

— Ah ! madame la comtesse, quel joli petit pied vous avez ! C'est le pied d'un cheval arabe.

Singebotté se rengorge avec satisfaction, et, se mirant dans la glace, il se dit intérieurement :

— On n'est ni plus galant ni plus spirituel ; ce que c'est que d'avoir de l'à-propos !...

La comtesse d'un ton aigre :

— Mon pied est cependant effilé.

— Mais non, mais non ! En vérité, aimable comtesse, vous êtes trop modeste ; il n'y a qu'un cheval arabe capable d'avoir un pied comme le vôtre.

Le docteur (*à part*). — J'ai entendu au pesage vanter les pieds des chevaux arabes et, ma foi, en homme d'esprit, je ramasse où je trouve !... pas plus fier que ça !

Le mécontentement de la comtesse de Gribiche est à son comble et elle murmure entre ses dents :

— Imbécile !...

Singebotté à part :

— Que dit-elle?... *(haut)*. Souffrez-vous des nerfs, madame la comtesse?

— Oui... je crois... un peu...

— Ah! je sais ce que vous avez; d'un coup d'œil je devine tout; vous êtes atteinte d'un malaise qui se nomme la: Hcdfgjtskpqhzbxlka. Cela signifie: *traîtrise cervellaire*. C'est moi qui ai découvert cette maladie et qui l'ai mise à la mode ; c'est une branche de la folie. Depuis deux ans, il est, de bon goût d'être fou et chaque Français met sa gloire à être atteint d'un mal qui est l'apanage du génie et de la haute fashion. Tout le monde élégant voudra faire un séjour dans les maisons d'aliénés d'où l'on sort avec un diplôme d'esprit supérieur et d'incontestables capacités ; on renvoie séance tenante les sots. Car *on ne les craint pas*.

Cependant, je vous le dis en confidence, c'est en vain qu'on fera tous ses efforts pour atteindre au degré de folie de la direction des maisons d'aliénés ; on n'y parviendra jamais.

Toutes les nations, imitant nos modes, bientôt la terre ne sera plus qu'une vaste pépinière de fous et au lieu de se distinguer par d'élégantes toilettes, on se contentera de porter un diadème sur lequel sera gravé pour les messieurs : Foucharent ; pour les dames : Follanne. Quoique la France, poursuivant à toute vapeur le progrès, ait déjà couvert son sol de maisons d'aliénés, y enfermant des personnes d'un sain et excellent jugement, cependant bientôt cela ne suffira plus. Il faudra démolir les églises, les monuments publics, les palais pour avoir assez de matériaux et bâtir des rues entières... que dis-je?... des villes de Foucharent et de Follanne. D'ailleurs, le grand Esculape...

La comtesse de Gribiche: Ah! oui, le célèbre Esculape...

Singebotté: Le connaîtriez-vous?... En vérité, comtesse, vous savez tout.

La comtesse de Gribiche, minaudant avec coquetterie :

— En effet, j'ai dansé souvent avec lui.

Singebotté saisi d'effroi, se laisse choir dans un fauteuil et se dit dans son for intérieur:

— Ouf! est-elle vieille, cette antiquaille!... Qui sait si ce n'est pas une de ces fées malfaisantes qui, d'un coup de fuseau, vous endort pour cent ans?.. En vérité, je remarque que son nez a la forme d'un fuseau!... Je redoute quelque tour infernal de sa façon et je vais tâcher de m'en sauver!

Singebotté, redevenu pour cette fois respectueux :

— En effet, madame la comtesse, vous êtes assez ravissante pour que tous les cavaliers se disputent l'honneur de danser avec vous.

La comtesse de Gribiche, lui tendant la main :

— Je vois que vous êtes un excellent docteur.

(On se salue).

En traversant un boudoir, le docteur aperçoit de jolies bottines; il vous les enlève et les cache prestement sous son manteau.

— J'ai mon affaire, se dit-il.

Il court chez Mme de la Satanerie qui, posant un doigt sur ses lèvres, l'entraîne à travers cinq ou six salons à double portes, qu'elle ouvre et ferme elle-même pour plus de sûreté.

Enfin, ils s'installent dans un boudoir capitonné dont les volets, fenêtres et rideaux sont hermétiquement fermés.

— Chut!... pas si haut!... tout bas, docteur, cher et bon docteur !... Eh bien?...

— Oui, madame, j'ai réussi; voici de petites bottines; mais ça n'a pas été sans peine.

— Ah! c'est bien!... gardez moi le secret; car, enfin, c'est très-malheureux pour une dame comme moi d'avoir un si grand pied. N'est-ce pas, cher docteur, vous direz à tout le monde : « En vérité, je n'ai jamais vu un aussi petit pied que celui de madame de la Satanerie. » Je donne en vain des fêtes; ils viennent se bourrer chez moi, et un soir j'ai entendu l'un de ces voraces dire à ses amis :

— Savez-vous la nouvelle?... On va vider le grand fleuve de là-bas!... Comment! enfin!... Vous savez? avec les bottines de la grande haquenée.

— Si vous prenez notre parti, cher docteur, des avantages incalculables vous attendent. Protection, recommandations, chevaux, fêtes, un compte ouvert à puiser autant que vous le voudrez… et bien d'autres avantages qu'on ne peut vous énumérer.

— Madame, je vous jure de garder tous vos secrets et ma discrétion est telle que je n'ai encore montré à personne le grand fouet en cuir que je tiens de votre aïeul.

Cette dame est joyeuse et bientôt ses intimes arrivent; c'est cette heure délicieuse du thé où l'on cause avec abandon et où triomphent les gens d'esprit, quand il s'en trouve. On parla de vaccin, de certaines barriques défoncées, de verrues et l'on discuta vivement lequel est préférable d'avoir une verrue dans le coin de l'œil ou au bout du nez, toutes choses fort spirituelles, instructives, de haute portée et enfin de cuir…

Cette dame a fait tous les efforts d'imagination pour en arriver à ce mot. De cuir à cordonnier et de cordonnier à bottines, il n'y a qu'un revers de main et Mme de la Satanerie se plaint de son cordonnier !

— Ce maladroit qui me fait toujours des bottines si démesurément larges… Ainsi, regardez, je vous prie…

Elle sort d'un boule la chaussure tant calomniée et la montre avec indignation à ses invités.

Les messieurs, dégustant et les dames dévorant, s'écrient à plat ventre :

— Ah ! quel joli pied vous avez !

Malheureusement, la vieille duchesse de Gronipote, toujours prête à vexer, à donner le démenti, s'écrie :

— Ce n'est pas vrai !... ce sont les bottines de la petite Gribiche !... Je les reconnais, moi !...

Un silence effrayant se fait *entendre* ; puis tout le monde s'évente à grands coups d'éventails et de gibus. On se précipite vers le buffet : on vous le dégarnit d'un coup de dents, en souriant malignement.

Mais on est membres de la Société du Gourdin ; on se rend où le courage et la gloire appellent. Les dames, curieuses comme des souris, se faufilent presque sous le paletot des messieurs pour que le gardien ne les voit pas entrer.

Malgré la grandeur de leurs projets, messieurs les gourdiniers n'ont trouvé d'autre local qu'une vieille chaudière fêlée portant le n° 13... Chiffre, hélas! fatal.

Grand silence : voici M. le vice-président qui salue en traînant les pieds comme s'il écrasait des limaces et, nasillant agréablement, il s'écrie :

— Messieurs !... le chevalier du Rotin, le noble fondateur de cette incomparable société, a l'esprit très-malade ; nous vous prions de ne pas le contredire, mais d'applaudir toujours.

Après cet exorde d'une éloquence sans précédent, M. le vice-président, en homme bien appris, se retire à reculons, toujours en écrasant des limaces.

Enfin, à grand fracas, on annonce le chevalier de Rotin, président des Gourdiniers et propriétaire du *Journal des Gens bien élevés*.

Quoi qu'on ait ouvert à deux battants, il entre avec peine, employant toutes sortes de ruses pour ne pas oublier l'une des moitiés de sa personne de l'autre côté de la porte. Il salue avec force kniks et knaks, à gauche, à droite, au centre, à l'extrême droite, à l'extrême gauche...C'est qu'il a besoin de partisans, le noble chevalier du Rotin, pour faire oublier de de quelle manière il s'enrichit!

Il s'écrie enfin :

— Messieurs, dans ces dernières semaines, le peuple a voulu nous mener tambour battant. Moi qui suis le propriétaire du *Journal des Gens bien élevés* et le *noble représentant des honnêtes gens* (quel toupet!) je ne puis tolérer l'insolence de ces manants qui osent se croire autant que nous et crier par les rues en parlant de moi : Tiens! v'là le gazetier Poussecailloux, qui n'écrit que des tripotages et des commérages, pour faire sa fortune, la vieille commère!... et son journal n'est qu'un tombereau d'immondices.

Tandis que, d'autre part, j'apprends que les jeunes gens des plus nobles, des plus riches familles, se sont organisés en société secrète et ont juré, sous la foi du serment, de ne jamais épouser une jeune fille dont les parents seraient abonnés à mon journal. Ils prétendent que nous enlevons aux jeunes âmes la candeur, l'innocence, en sorte que nous n'avons plus d'autres abonnés que des palefreniers et des porchers, ce qui est très-humiliant pour nous.

M. le capitaine Donnère avec une noble franchise :

— Eh bien! cela prouve que toutes les classes de la société sont indignées de votre esprit étroit. Laissez-moi vous demander ce que signifie cette désignation : *Le Journal des Gens bien élevés ?* Est-ce à dire que la calomnie, l'indécence, la persécution soient l'apanage des gens bien élevés?.... Et osez-vous jeter à la face de ceux-là un tel outrage?... De même, veuillez m'expliquer ce que vous entendez par ces mots : *Nous sommes d'honnêtes gens!*...Vous, monsieur? vous, un honnête homme?... Celui qui trempe sa plume dans la fange, qui enlève l'honneur, le repos, le pain à d'innocentes victimes sans défense, qui, dans sa rage toujours inassouvie de gagner de l'or, beaucoup d'or, insulte et calomnie sans cesse, celui-là est-il un honnête homme?... C'est un devoir que de relever votre outrecuidance; car elle est une sanglante ironie et un danger pour la morale.

M. le chevalier du Rotin s'écrie :

— Taisez-vous et n'oubliez pas que je suis votre supérieur!... Et vous, mes frères les Gourdiniers, j'ai besoin de vous : mon journal... Nous avons tous besoin les uns des autres pour nous protéger mutuellement. Abonnez-vous à mon journal!... (*Domestique, faites circuler les rafraîchissements; c'est un vin pur de l'île des Serins; il est à mes frais.)* Enfin, Messieurs, autrefois on se faisait armer chevalier après avoir affronté toutes sortes de dangers; j'ai simplifié, et aujourd'hui, armés de gourdins, nous rosserons ceux du peuple et de la bourgeoisie qui nous gêneront. Mais nous aurons soin de ne frapper que quand nous serons devant notre demeure ou une maison à double issue, afin que les battus ne puissent riposter. Il faut mâter ce peuple; c'est le seul moyen de s'en faire bien servir.

Un petit bruit argentin se fait entendre... C'est l'osanore du chevalier du Rotin qui tombe en se brisant sur les dalles. Furieux, il s'écrie :

— Vous êtes un chenapan, monsieur Idéfix ! Je vous avais dit que cet ouvrage est mal fait et cependant je vous l'ai payé!... Tout est fixe en vous, excepté les dents que vous posez et qui, dans la bouche de vos victimes, exécutent une danse échevelée. Sortez d'ici; car, en admettant si petites gens que vous dans cette noble enceinte, j'ai voulu vous encourager à bien soigner mes dents.

Le misérable Idéfix, jeune homme au teint pâle, aux favoris en côtelettes de mouton, se retire dans un coin, en baissant la tête.

Pour faire oublier ce grave accident, le chevalier du Rotin s'écrie :

Valet, les rafraîchissements... et toujours du vin de l'île des Serins.

— Eh bien ! s'écrie Mme de la Satanerie, après avoir juré de faire monter en aigrette, pour le bal prochain, un des morceaux de l'osanore du chevalier du Rotin, je vous recommande le dentiste

Crachesurrobe; sa taille est haute, son teint est un peu jaune; mais, enfin, on n'est pas parfait. Il habite la jolie ville de...

La vieille duchesse de Gronipote :

— Vous ne savez ce que vous dites, ma chère, et vous n'êtes qu'une toquée! Comment pouvez-vous recommander ce potiron au nez en lunette de latrine? Il est si insolent que, pour les insulter et tout en les accompagnant poliment vers la sortie, il crache sur la robe des dames lorsque, après l'avoir consulté, elles ne se décident pas tout de suite à le faire travailler.

Tout le monde, indigné, prend la résolution de ne jamais s'adresser à lui.

Le comte de Noblecœur demande la parole et s'exprime ainsi :

— Monsieur le chevalier du Rotin, je suis révolté de vous entendre parler du peuple, comme vous l'avez fait tout à l'heure. Dans ma famille, nos serviteurs ne nous quittent jamais; ils naissent et meurent chez nous. Si un malheur nous frappe, ils en sont plus affligés que nous; si la douleur vient les visiter, nous en sommes plus désolés qu'eux; nous les consolons, nous les encourageons, nous les aimons et nous les soignons nous-mêmes comme nos propres enfants. Jamais nous ne sommes forcés à de sévères reproches; nos observations sont écoutées avec respect, parce que nous les faisons avec politesse. Nous cherchons si bien à leur alléger le poids de la servitude que nous sommes toujours servis avec zèle. Comme nous ne calomnions ni ne faisons de méchantes intrigues, nous n'avons pas besoin de les prendre pour confidents ou exécuteurs de bassesses, en sorte que, n'ayant jamais à rougir devant eux, nous ne les craignons point. Nous ignorons ce que c'est que la familiarité; chacun se tient dignement à sa place sans qu'il nous vienne à nous la pensée de descendre, à eux celle d'usurper nos droits. Il en est à peu près de même avec nos ouvriers : ils accourent à notre premier appel et ils semblent contents de travailler pour nous; nous les payons sans retard; ils ne nous font jamais de prix indiscrets et comme ce sont de braves gens, que j'affectionne, je vais leur dénoncer vos projets barbares.

Le chevalier du Rotin :

— Assez!... Serviteur, faites circuler les rafraîchissements.

Et pour la quatrième fois, on offre de l'eau !

Le comte de Noblecœur:

— Je n'ai pas fini; pour qui donc les prenez-vous, ces malheureux que vous projetez de rosser à coups de gourdin, eux qui, avec une générosité de cœur admirable, s'élancent au devant du danger, sacrifient sans se plaindre et leur amour et leur famille, versent avec joie leur sang pour vous protéger et défendre la patrie, supportant de grandes fatigues pour vous procurer une nourriture que vous ne trouvez jamais assez délicate?... Le gourdin, monsieur, est l'arme des lâches!... Vous l'avilissez, vous le déshonorez, vous l'assimilez à la brute, l'homme que vous en frappez. Nous ne sommes point dupes de vos lignes hypocrites : *Ce ne sont pas les ouvriers qui étaient à l'émeute, c'est la crapule!...* Vous avez écrit cela, non pour honorer l'ouvrier, mais pour sauver votre échine!

Le peuple mange un pain bien autrement respectable que le vôtre. C'est celui du travail. Et vous, votre table finement servie est défrayée par le prix des larmes des malheureuses victimes dont vous êtes le bourreau. C'est vous que j'accuse en grande partie de l'immoralité, de la désunion des Français; par vos intrigues, vous avez dégradé le journalisme. Vous deviez, au contraire, par vos écrits, élever l'âme, élargir, ennoblir la pensée, développer le savoir et l'intelligence.

Comment l'auriez-vous pu vous qui avez l'esprit si petit, si sale? Vous qui avez la hardiesse de mépriser et d'insulter tous les autres journalistes!... Pardonnez-leur; ayez cette générosité... Que voulez-vous?... il y a encore des hommes d'honneur qui refusent de ramasser de l'ordure pour en couvrir de blanches robes.

Bradefer, un ouvrier qui n'a été invité à faire partie de la Société des Gourdins que pour sa force athlétique, s'écrie :

— Ils ont raison, le capitaine et le comte; à bas les Gourdiniers!... à bas le Poussecailloux!... Je vas défendre à tous les ouvriers de travailler pour les Gourdiniers.

Depuis quelques instants, des bruits sourds, quelque peu indiscrets, se font entendre... On se regarde avec méfiance; on s'éloigne les uns des autres. Quelques-uns piétinent, tandis qu'une forte odeur envahit la Chaudière. Quelques dames hasardent timidement que l'odeur de la violette et de la rose leur plaît beaucoup plus; personne ne prend garde à leurs minauderies; on est trop tourmenté chacun pour son compte.

Le chevalier du Rotin, quoique fort irrité, reprend :

— Il est de notre devoir, messieurs, de nous occuper sérieusement des intérêts de la France et voici qu'on nous propose l'alliance de l'Autriche.

Mais depuis qu'il a perdu son osanore, le chevalier du Rotin parle avec difficulté et prononce tout de travers, en sorte que Bradefer qui a mal compris, s'écrie :

— Ah! qué bonheur! je va-t-y me régaler! ça va amener tout plein d'autruches à Paris et je vas m'en donner de la régalade de leurs cervelles. Le Sultan, vous savez... ousqu'est les Turcs? Eh ben, quand il a donné un grand dîner, il a mangé tout un plat de cervelles d'autruches qu'a coûté terriblement cher. Aussi, c'est pas moi qui fera la petite bouche! Au moment où j'apercevrai une autruche, la tête cachée sous son aile, croyant qu'on ne la voit pas, je l'empoignerai et je lui sucerai la cervelle.

En ce moment, le chevalier du Rotin chancelle...
Mais chacun se préoccupe de son propre malaise; on
se serre l'estomac. Alors de toute part éclate la fou-
dre. On s'empare de tous les chapeaux!... Soins super-
flus! le désastre en franchit bientôt les limites. On
crie, on trépigne, on se pousse et se repousse; on se
bouscule pour sortir. Mais... ô comble d'horreur et
qui pénétrera jamais ce sombre mystère?... la clé, la
clé de la porte est perdue!...

La Société des Gourdins réunis qui veut se désunir
est forcé malgré elle à rester étroitement unie, et par
quels liens?... Juste ciel!...

De sourds grondements comme ceux qui précédent un tremblement de terre continuent, et de toute
part on s'écrie avec rage et indignation :

— C'est l'eau! c'est l'eau que cet empoisonneur du
Rotin nous a fait offrir en criant : « Les rafraîchissements sont à mes frais!... » Il est fameux, son vin de
l'île de Serins!... C'est un empoisonneur!... Tiens!
et v'lan!... Et on lui casse les gourdins sur sa vieille
carcasse!... Tiens!... Et pan! et v'lan!... voilà pour
tes rafraîchissants!...

On se bouscule, on se renverse; des cris déchirants
se font entendre et les coups de Gourdins tombent
dru comme grêle sur les échines.

Le comte de Noblecœur, le capitaine Donnère et
Bradefer n'ayant rien accepté sont en parfait état et,
avisant une lucarne, ils sortent heureusement de la
bagarre.

Tout à coup, on frappe à la porte à coups redoublés.

— Ouvrez, au nom de la loi !... crie-t-on du dehors tandis qu'au dedans on se cogne, on se rosse pour sortir le premier.

Le commissaire de police Xiclef, dont la tête carrée est encore ornée de quatre cheveux roussâtres accourt, jetant des regards sournois par dessus et par dessous ses paupières dégarnies et, d'un coup de son proéminent estomac, il vous enfonce la Chaudière. Il s'y précipite en empoignant par brassée; il saisit le président du Rotin par des cheveux qui... hélas! lui restent dans la main. C'est la perruque du propriétaire du *Journal des Gens bien élevés*, et tous peuvent admirer son crâne défriché.

Les citoyens se ruent sur messieurs du Gourdin, auxquels ils administrent une bonne rossée dont ils se ressentiront longtemps, et le fourbe Xiclef s'écrie :

— Sentez-vous cette odeur épouvantable?... Cet antre recèle des conspirateurs !... Des bombes... des bombes !... De toute part on marche sur des bombes ramollies !... Ces infâmes projetaient de faire sauter Paris, puis la France et auraient fait un massacre épouvantable !... Fusillons-les, séance tenante !

Les dames crient, se désespèrent, demandent grâce.

Malgré la gravité des circonstances, le chevalier du Rotin est honteux d'être vu sans cheveux; il s'empare au plus vite d'un chapeau dont il couvre son noble chef; mais dans sa précipitation il en a oublié le contenu... Quelle pluie!... O ciel! comment vous la décrire?

Le commissaire Xiclef, après l'avoir saisi à la gorge est forcé de le lâcher... sans savoir où essuyer ses mains! On s'empare de la fortune du noble chevalier, et on le condamne aux travaux forcés à perpétuité.

Mais le commissaire de police Xiclef aime les maisons d'aliénés et, en attendant qu'il y finisse ses jours, il y envoie plusieurs Gourdiniers... (*Ils verront s'il y fait bon*)... Il met les autres en liberté.

Ceux-ci se traînent jusqu'à la pharmacie de maître Tnerruall, vous savez, ce sournois jaunion?... Sans pitié, il leur administre brutalement des pchûûùs en veux-tu, en voilà! Il paraît même qu'il y joint du poison; car ces malheureux se roulent à terre en jetant de grands cris tant ils souffrent dé l'estomac.

Enfin, en se séparant clopin-clopant, messieurs du Gourdin jurent de ne jamais se revoir; mais... ils en sont pour leurs chapeaux.

Quant aux dames, avant que de rentrer au domicile conjugal, elles se déshabillent sous le porche, jettent leurs défroques au milieu de la rue et se sauvent au plus vite dans leur lit en se plaignant de maux de dents.

Et c'est ainsi que la Société des Gourdins réunis se

trouve être actuellement la Société des Gourdins à jamais désunis.

Qu'on dise encore que le chiffre 13 ne porte pas malheur.

GRIFFE DE LA CHATTE.

Nice. — Typ. V.-Eugène GAUTHIER et Cⁱᵉ, descente de la Caserne, 1.